马
伟

02.2.18.
18.

1

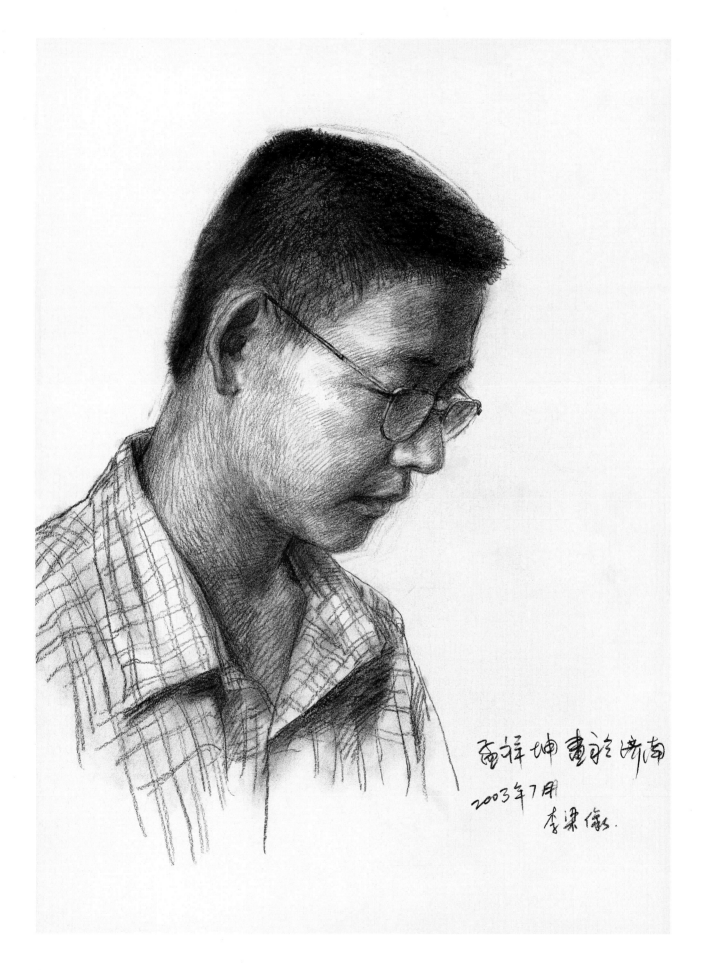

孟祥坤 画於济南

2003年7月

李梁儀.

张明

2001.3

4(十)

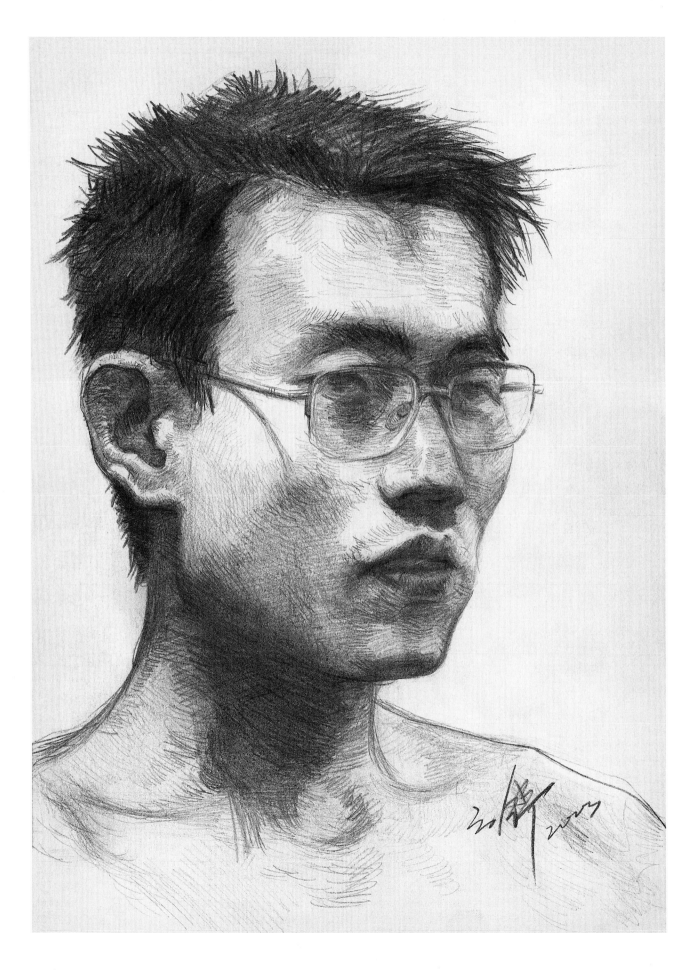

江芳

13

14

16

徐晓楠於二千
零四年正月
画于展望
作室

徐晓楠画于展望工作室

18

20

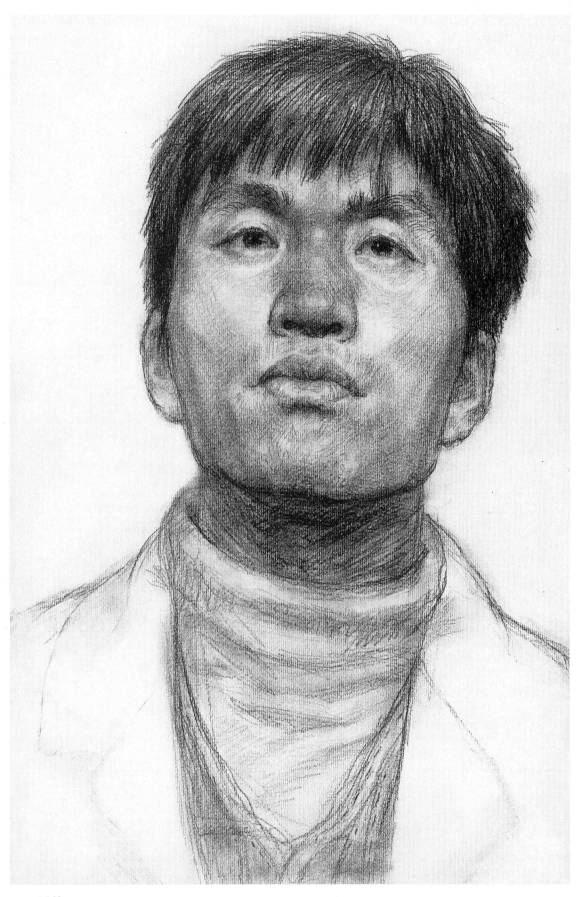

马伟

李向阳

马伟

徐晓楠
画于展望工作室
2003.12.11

24

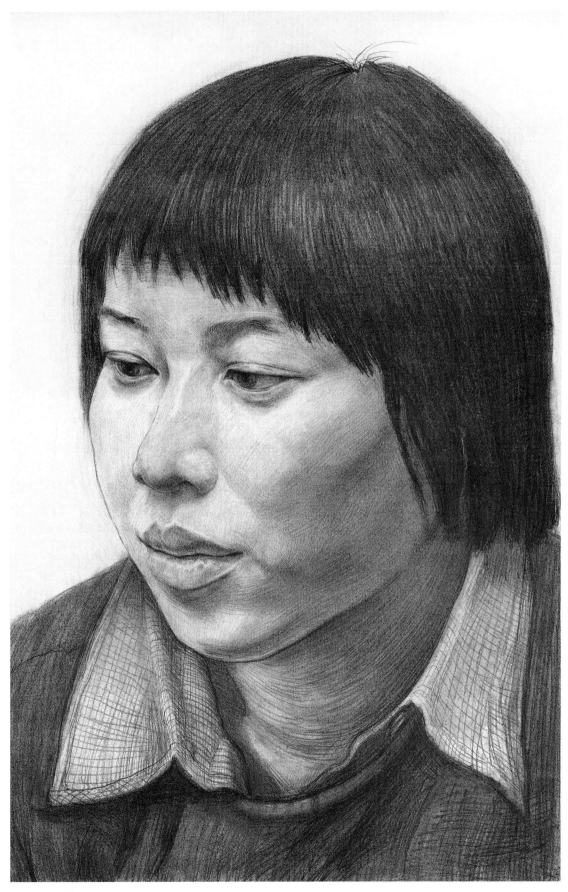

吴大伟

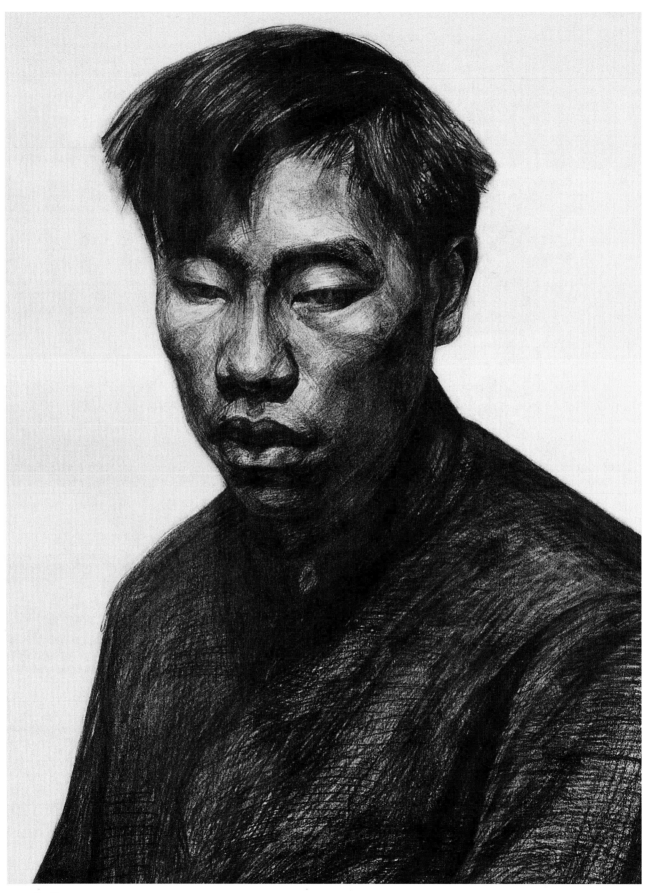

江芳

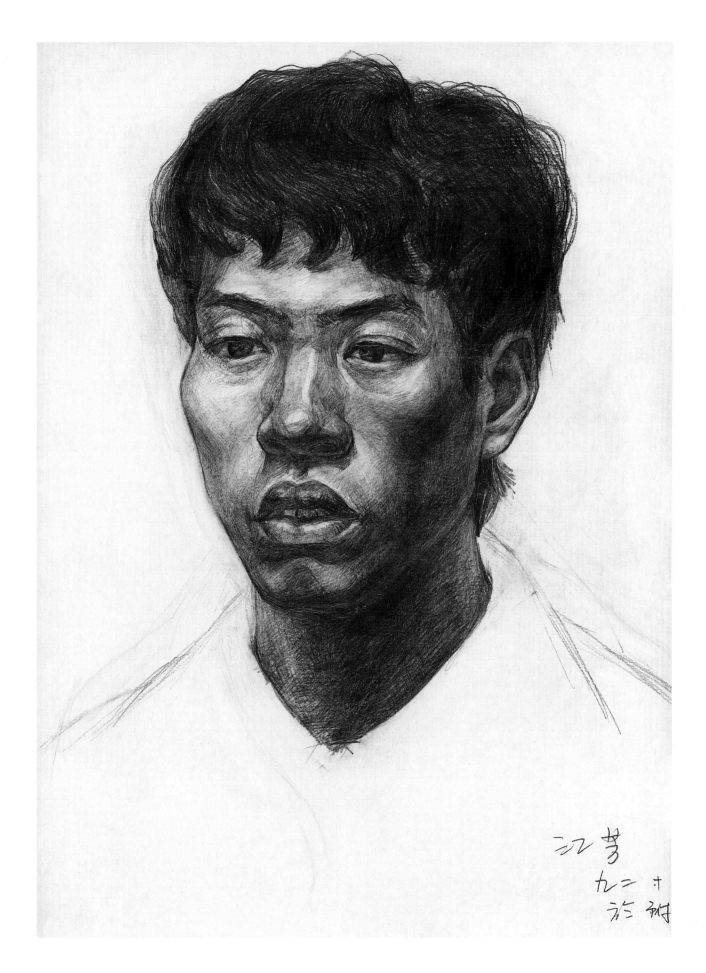

27

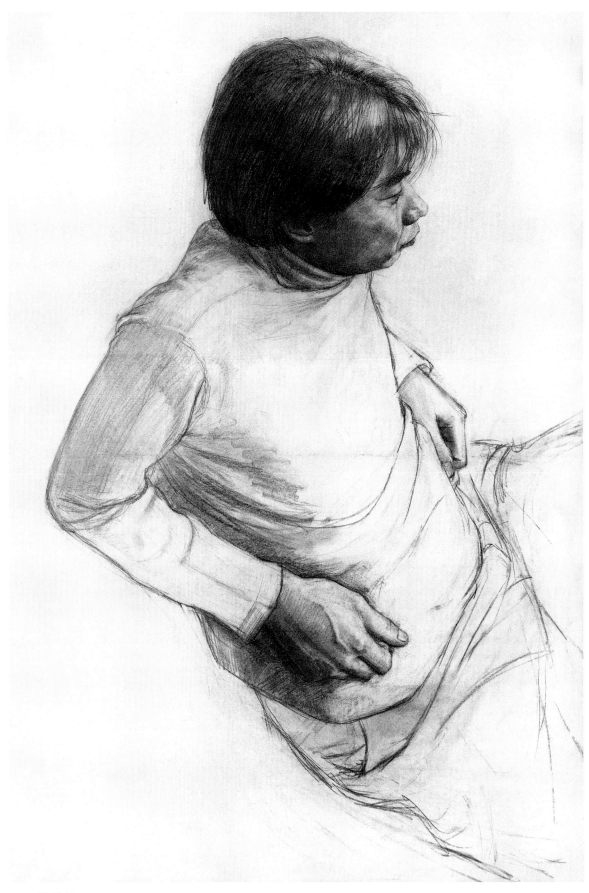

张伯涛

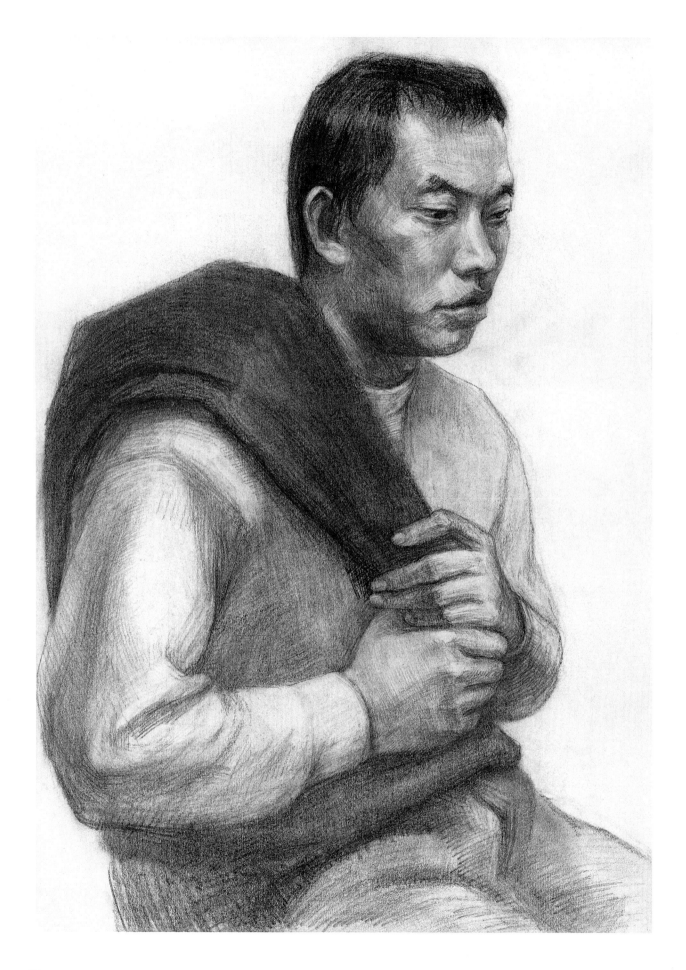

马伟

徐晓楠同展型作室
2003.12.9

马伟